Le FABLIER CHRÉTIEN

ou

ALLÉGORIES NOUVELLES

Sur l'Existence de Dieu, la Trinité, l'Incarnation, la Rédemption, l'Eucharistie, les Fins de l'Homme, les Vertus chrétiennes, &c., &c.

PÉRISSE Frères,

A PARIS; Rue du Petit-Bourbon, 18. | A LYON; Grande Rue Mercière, 38.

1851.

Le
FABLIER CHRÉTIEN.

Brignoles, Typographie de Perreymond-Dufort.

LE FABLIER

CHRÉTIEN

ou

ALLÉGORIES NOUVELLES

Sur l'Existence de Dieu, la Trinité, l'Incarnation, la Rédemption, l'Eucharistie, les Fins de l'Homme, les Vertus chrétiennes, &c., &c.

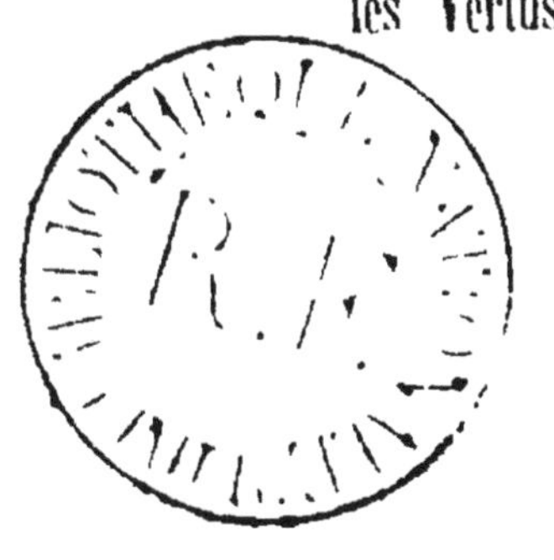

En ce jour là, Jésus s'assit près de la mer; et une grande multitude s'assembla autour de lui, de sorte que montant dans une barque, il s'assit, et toute la multitude resta sur le rivage; et il leur dit beaucoup de choses en parabole, et il ne leur parlait qu'en parabole.

S. Math. c. 13.

PÉRISSE Frères,

A PARIS ; Rue du Petit-Bourbon, 18. | A LYON, Grande Rue Mercière, 38.

1851.

L'INTENTION qui a dicté ce petit recueil ne paraîtra pas douteuse à qui aura l'indulgence de le lire. On a essayé de faire une distinction entre l'instruction et l'éducation : ces deux choses sont inséparables. Ce qu'il faut pour régénérer la société, c'est de prendre l'enfant dès le plus bas âge, et de lui donner des leçons de morale et de religion, avant même qu'il puisse les comprendre. Rappeler ce but, et pour l'atteindre plus sûrement, donner l'idée d'un livre à faire, le *Fablier Chrétien* : c'est là ma seule pensée. Il m'a paru, en effet, qu'on pourrait composer des apologues sur les mystères, les sacrements, les fins dernières, les vertus et autres points importants de la doctrine catholique ; et les accompagner de quelques explications courtes et mises à la portée des plus jeunes enfants. Le Fablier Chrétien servirait d'introduction au catéchisme ; on y trouverait un moyen facile et agréable d'initier le premier âge dans les éléments de la foi et de les graver fortement dans son esprit. Qui ne sait que les premières impressions sont toujours les plus profondes, et que semer dans le berceau, c'est semer pour toute la vie ? Jésus-Christ n'instruisait que par des similitudes et des paraboles : le grain de sénevé, la semence, l'ivraie, le levain, la perle, la drachme, la vigne, la brebis perdue lui fournissaient tour-à-tour les enseignements à la fois les plus simples et les plus sublimes. Pourquoi n'emploierions-nous pas un moyen d'instruction que l'exemple même du Sauveur a consacré ? J'indique le plan : à une main plus habile et plus loisible de le compléter. Dieu ne manquerait pas de bénir ce travail.

Qu'il nous soit permis de citer à l'appui de notre essai ce que disent Fénélon et Rollin dans leurs traités de l'éducation.

« Les enfants aiment les contes avec passion (c'est Fénélon qui parle) ; on les voit tous les jours transportés de joie ou versant des larmes, au récit des aventures qu'on leur raconte. Ne manquez pas de profiter de ce penchant ; quand vous les voyez disposés à vous entendre, racontez-leur quelque fable courte et jolie : mais choisissez quelques fables d'animaux qui soient ingénieuses et innocentes ; donnez-les pour ce qu'elles sont; montrez-en le but sérieux. Animez vos récits de tours vifs et familiers; faites parler tous vos personnages : les enfants qui ont l'imagination vive, croiront les voir et les entendre... Ces représentations naïves les charmeront plus que d'autres jeux, les accoutumeront à penser et à dire des choses sérieuses avec plaisir, et rendront ces histoires ineffaçables dans leur mémoire.... Il faut tâcher de leur donner plus de goût pour les histoires religieuses que pour les autres.... Dieu, qui connaît mieux que personne l'esprit de l'homme qu'il a formé, a mis la religion dans des faits populaires qui, bien loin de surcharger les simples, leur aident à concevoir et à retenir les mystères. Ces histoires paraissent allonger l'instruction, mais véritablement elles l'abrègent beaucoup, et lui ôtent la sécheresse des catéchismes, où les mystères sont détachés des faits; aussi voyons-nous qu'anciennement on instruisait par les histoires. C'était la méthode et la pratique universelle de l'Eglise. »

« En même temps qu'on occupera l'enfant à tout autre exercice, dit Rollin, on lui fera apprendre par cœur quelques fables, en choisissant d'abord les plus courtes et les plus agréables. On aura soin de lui expliquer clairement et brièvement tous les termes qu'il n'entend point, et après qu'on lui aura lu plusieurs fois une fable, et qu'on la lui aura fait répéter de mémoire, on l'accoutumera à en faire de lui-même un récit simple et naturel. On ne saurait croire combien cette pratique peut être utile à un enfant dans la suite. Pour la lui faciliter, le maître fera d'abord lui-même ce récit, et lui apprendra par son exemple comment il faut s'y prendre. »

« Quand l'enfant aura bien appris une fable par cœur, et qu'il la saura parfaitement, on lui apprendra à la déclamer, en l'accompagnant du ton et des gestes convenables à la matière... On doit être fort attentif à leur faire prendre un ton naturel, et les habituer à prononcer avec grâce, clarté et justesse... Mais le but de tous nos travaux, la fin de toutes nos instructions doit être la religion ; c'est pourquoi l'on ne peut trop s'appliquer à jeter de bonne heure dans l'âme des enfants les précieuses semences de la piété. »

I.

Prix de la Foi. -- Existence de Dieu. — Trinité. — Incarnation. — Rédemption. Eucharistie. — Église.

Le TABLIER CHRÉTIEN.

La Californie.

PROLOGUE.

Qu'à travers mille écueils, sur des plages lointaines,
De nombreux voyageurs, Argonautes nouveaux,
S'en aillent puiser, à mains pleines,
Dans les trésors, terme de leurs travaux ;
Il est un autre objet, pieuse colonie,
Bien plus digne de nous que tous ces lingots d'or :
Connaître Dieu, l'aimer, voilà le vrai trésor ;
Voilà notre Californie.

Le signal est donné ; partons, pleins d'espérance ;
Nous n'avons pas besoin de changer de climats ;
Au sein même de notre France,
Que d'ignorants pullulent sur nos pas !
A vaincre leurs erreurs, heureux qui s'ingénie !
Le Ciel nous saura gré de nos moindres efforts ;
Venez, semons la foi si fertile en trésors :
Voilà notre Californie.

Vous que le Ciel orna des plus vives lumières,
Des petits et des grands, prévenez les besoins ;
Parlez aux palais, aux chaumières ;
Offrez à tous le tribut de vos soins :
Pour moi, reconnaissant ma faiblesse infinie,
J'appelle à mon secours les agneaux et les fleurs :
C'est s'enrichir en Dieu, que lui gagner des cœurs :
Voilà notre Californie.

La Fourmi Philosophe.

Un vermisseau tout noir, tout petit, que l'on nomme
Fourmi,
Errait s'extasiant dans Saint-Pierre de Rome.
Oh ! que ce temple est beau ! quelle enceinte ! quel dôme !
Je n'ai jamais rien vu de pareil jusqu'ici,
Dit-elle ; mais enfin, qui peut l'avoir bâti ?
Assurément ce n'est pas la fourmi.
Serait-ce le hasard ? encor moins. Qui donc ? l'homme.
Oui, si j'en crois ma petite raison,
L'homme seul en est le maçon.

Consultez ma fourmi, vous qui de ne rien croire
Vous faites un horrible jeu ;
Et, voyant l'univers, le temple de sa gloire,
Osez dire : il n'est point de Dieu.

Le Docteur et l'Enfant.

Un savant s'épuisait à comprendre un mystère
Des plus profonds : c'était la Trinité.
Tout son penser et sa vive lumière
N'en pouvaient pénétrer la sainte obscurité.
Ma foi, dit-il, en faisant la grimace,
L'esprit s'y perd et la raison s'efface ;
Devine qui pourra.
Lors un bambin qui jouait près de là,
(Cet âge observe tout ; quoiqu'on dise ou qu'on fasse,
Il y veut mettre son holà.)
« La Trinité !.... *L'eau, la neige et la glace.* »

Faible comparaison sans doute, mais pourquoi
Dans le domaine de la foi,
Se hasarder si haut ? restons à notre place.
Le ciel a ses secrets comme tout a les siens ;
Respectons-les en vrais chrétiens.
Croyons aux vérités que la foi nous révèle,
Avec la candeur d'un enfant ;
Et gardons d'oublier que dans la loi nouvelle,
Le plus humble est le plus savant.

Le Bœuf et l'Ane

dans l'étable de Bethléem.

Qu'arrive-t-il, bon Dieu! dans cet humble réduit?
Que nous veut ce vieillard au milieu de la nuit?
Vient-il pour accomplir quelque arrêt prophétique?
Clamait le Bœuf en mugissant;
Et cette mère, et cet enfant,
Et tous ces bruits dans l'air, ces chants, cette musique,
Qu'est-ce que tout ceci?
— Ma foi; j'en suis à mon tour ébahi,
Dit l'âne, et pour saisir le sens de ces merveilles,
J'écarquille mes yeux, j'allonge mes oreilles,
Vains efforts, inutile souci!
Je m'y perds: cependant, s'il faut tout dire ici,
Plus je le contemple et le flaire,
Plus je me dis tout bas: (sois discret, cher confrère,
L'aveu que je te fais est confidentiel.)
Non, il n'est pas de cette terre;
Non, cet enfant n'est point un enfant ordinaire;
Il est trop beau, trop pur, cet enfant vient du ciel.
Je le connais à sa bouche de miel,
A son front rayonnant, ses yeux bleus, son haleine,
A son sourire qui m'enchaîne;
C'est le miroir de la vertu.
— Venir du ciel, frère âne, y penses-tu?

S'il descendait d'en haut, dans cette vile étable,
Serait-il né si misérable?
Reprend avec chaleur l'animal ruminant.
Vois donc, quel triste état, quel affreux dénûment!
— Eh! qu'importe l'état, le lieu de la naissance?
Faut-il pour être heureux naître dans l'opulence?
Hérode est sur un trône, et vit dans les soupirs:
Ici, sur ce berceau, voltigent les plaisirs.
D'où peut venir la différence?
Je suis âne, il est vrai, j'ai peu de connaissance,
Je crois le deviner pourtant;
C'est que le crime est toujours mécontent,
Et le bonheur suit partout l'innocence.

Le Loup, le Renard et l'Agneau.

Sur les bords de l'Isère, un loup par trop glouton,
Commit, un jour, un si grand crime,
Que l'histoire a voulu nous en taire le nom.
Le coupable fut pris et traduit en prison.
On s'assemble, on le juge; un arrêt unanime
Part du conseil des animaux;
Et déjà, sourd à ses sanglots,
Le glaive impatient appelait la victime.
C'en était fait, quand messire Vulpin,
Tirant de sa cervelle un projet surhumain,
— Je veux, dit-il, le sauver du supplice,
Sans violer les droits de la justice,
Et, tout ensemble en un complot caché,
Épargner le pécheur et punir son péché.
Le projet était grand, admirable sans doute;
Mais à l'exécuter, combien n'auraient vu goutte!
Il fallait lui, renard, en tours maître passé,
Pour n'être pas embarrassé.
Il s'en vient à pas lents, vers la gent moutonnière,
(C'était le soir, Phébé promenait sa lumière.)
Aborde un agnelet, symbole de candeur,
Puis, doucement à l'oreille du cœur,
Baissant la queue, emmiellant sa prière,
Du prisonnier lui conte la misère.

Il est père dit-il, père de sept enfants;
Père aussi, que ne puis-je étouffer la nature?
Qu'ils sont heureux les cœurs libres, compatissants!
Si vous daigniez..... quel bien pour sa progéniture!
Or l'agneau, comme on sait, est bonne créature.
Ce discours l'attendrit; des pleurs mouillent ses yeux;
Son âme d'un regard interroge les cieux;
— Me voilà prêt: du sort qui le menace
Que faut-il donc pour l'affranchir?
— Mourir.
— Eh bien! mourons, mourons donc à sa place.
Il dit, et sous la peau
D'un louveteau,
Du renard, grâce à l'artifice,
« C'est son enfant, souffrez qu'il entre inaperçu »
Trompe la sentinelle, en la prison se glisse;
Je vous laisse à penser s'il y fut bien reçu.
Qu'arriva-t-il? le captif véritable
Sort du cachot en liberté;
Et l'innocent si bien contrefait le coupable,
Qu'à l'insu de chacun il est exécuté.

Faible, hélas! mais touchante image
D'un Dieu pour nous mort sur la croix!
Agneau divin, que n'ai-je mille voix
Pour célébrer ton amour d'âge en âge?

Le Pélican.

Le sage avait bien dit que l'amour est plus fort
Que la mort;
A le croire pourtant j'éprouvais quelque peine;
Mais depuis la touchante scène
Dont je fus le témoin, mon doute est éclairci;
Voici le fait en raccourci :

Un soir, l'airain pieux, en joyeuse volée,
Convoquait des chrétiens la fidèle assemblée.
J'entre dans le lieu saint, antique monument,
Et d'un pas mesuré par le recueillement,
J'allais franchir l'enceinte où Dieu rend ses oracles,
Quand, sur le seuil des sacrés tabernacles,
A mes regards surpris se montre un pélican,
Pour la première fois; ô spectacle touchant!
Je le vois entouré de sa jeune famille;
Dans son cœur, dans ses yeux, la tendresse pétille;
Puis, tout-à-coup son sein s'élargissant :
Mes enfants, approchez, dit-il, l'heure s'avance;
Je connais vos besoins, vivez de ma substance,
Et buvez tous mon propre sang.

Heureux, si je pouvais vivre, mourir, renaître,
Pour prolonger sans cesse, et vous faire connaître
L'inépuisable amour qui va me consumant.

Ici, mon cœur se trouble en voyant son martyre;
Devant la vérité l'emblème se retire.
J'ai tout compris : Amour divin,
Amour sans mesure et sans fin,
Je tombe à vos genoux, je me tais et j'admire !

Le Serpent et la Colonne.

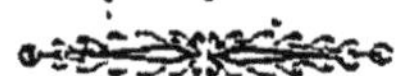

Sous le parvis de cette basilique,
Quoi ! toujours au milieu des airs,
S'étalerait ton faste antique?
Il est temps qu'on t'abatte, et qu'au fond des déserts
Ta gloire soit ensevelie.
Ainsi naguère un vil serpent
Bravait une colonne, orgueil de l'Italie.
Celle-ci, peu sensible au propos insultant,
Crut devoir ménager pourtant
A son étourderie un conseil salutaire :
Porte tes pas ailleurs, reptile téméraire,
Crois moi, car tu perdrais à conspirer ma fin
Ton temps, ta peine et ton venin.
Qu'à d'autres ton aspect paraisse redoutable;
Pour moi, colonne inébranlable,
Je me ris de tes dards impuisssants et jaloux.
Le serpent, à ces mots, s'enflamme de courroux;
Son cou se gonfle, en même temps sa crête
Rouge de sang se dresse sur sa tête ;
Il vomit à flots son poison ;
Darde les traits aigus de son triple aiguillon ;
Puis, le feu dans les yeux, et sifflant la menace,
Sur le marbre immobile il s'élance et l'enlace
De ses innombrables replis.

Un passant qui survient, attiré par ses cris,
S'arme d'un fer, coupe en deux le reptile,
Qui tombe, et de son sang couvre le péristyle.
Il rampe encor, s'agite et veut se redresser,
Mais, malgré ses efforts, la force l'abandonne;
Il meurt au bas de la colonne
Qu'il s'efforçait de renverser.

Impies, faut-il qu'on vous le dise,
Vous êtes ce serpent, la colonne est l'Église;
En vain contre elle acharnés tous les jours,
Vous espérez lancer quelque trait qui la brise,
Vous périrez, elle vivra toujours.

II.

Triomphe de la Vertu. — Sagesse. — Charité. — Humilité. — Modestie. — Amour de son état. — Vocation. — Vie cachée.

Le beau Triomphe.

La santé, la vertu, les plaisirs, la richesse,
Du bonheur des humains, ces quatre grands moteurs,
Comparurent un jour aux beaux jeux de la Grèce.
Chacun de ces compétiteurs
Prétendait hautement que l'homme
Lui devait le souverain bien,
Et concluait par demander la pomme.
La richesse, au brillant maintien,
Disait : de tous les biens, c'est moi qui suis la mère,
Puisqu'on peut avec moi se les procurer tous.
Vous vous trompez, répliquait sans courroux
Le plaisir ; car enfin, ma chère,
On ne veut vous avoir que pour me posséder.
La santé dit : je vais vous accorder,
Votre débat est inutile :
Vous disputez un prix qui m'appartient :
Sans moi, vous le savez, le plaisir est stérile,
Sans moi la richesse n'est rien.
Déjà le tribunal, en sa faveur chancelle,
Quand la vertu se présente à son tour :
Quel prix obtiendrai-je ? dit elle,
D'un air modeste et pur comme un beau jour.

Ignorez-vous, ô juges vénérables!
Qu'avec de la santé, de l'or, et du plaisir,
Les hommes bien souvent se trouvent misérables,
Et sentent dans leur cœur le fiel du repentir?
Moi seule, ai le rare avantage
De procurer le vrai bonheur.
Ces mots accompagnés d'un sourire enchanteur,
Décidèrent l'aréopage,
Et la vertu reçu la palme du vainqueur.

***

La Rose et l'Immortelle.

Oh ! Dieu ! quelles tristes couleurs !
Disait avec dédain la rose à l'immortelle ;
Je brille, tu pâlis. — Oui, mais je vis, tu meurs :
Et qu'importe à ce prix que l'on soit la plus belle ?
Le plus beau don, qu'est-il sans l'immortalité ?
Mieux vaut cent fois sagesse que beauté.

Le Laboureur et les Oiseaux.

Jadis, sous le ciel de l'Espagne,
Des fruits bénis de son labeur,
Au pied d'une aride montagne,
Vivait un humble laboureur.
Il portait le nom d'Isidore,
Et souvent l'hiver, dans ses champs,
Le retrouvait semant encore
Son blé, sa sueur et ses chants.

Ce n'était point par négligence
Qu'ainsi le semeur s'attardait;
C'était le besoin, l'indigence
Du peuple ailé qui le guidait.
Cœur bienfaisant de sa nature,
Avant de couvrir son sillon,
Il laissait prendre sa pâture
Au moindre timide oisillon.

Venez, moineaux; tendre fauvette,
Leur disait-il: viens à ton tour,
Va, ne crains point d'être indiscrète,
Becquette à l'aise tout le jour.
Merles, serins, douce colombe,
Sans crainte du réseau trompeur,
Prenez vos parts de ce qui tombe;
Je vous le livre avec bonheur.

Et les oiseaux venaient en foule,
Butiner leur part du trésor :
Mais bientôt l'hiver fuit, s'écoule;
Le prinptemps a pris son essor;
Et l'heureux champ, dans sa verdure,
De son aile est tant caressé,
Que, chaque été, la moisson mûre
Doublait l'espoir ensemencé.

Or, un jour d'affreuse mémoire,
Tout périt : touchés du malheur,
Les oiseaux, rapporte l'histoire,
Vinrent nourrir leur bienfaiteur.
(Tel jadis dans la Thébaïde,
Aux Pauls ravis de tant d'amour,
Un corbeau, d'une aile rapide,
Portait le pain de chaque jour.)

Ce tribut de reconnaissance,
Tombé du ciel inattendu,
Prouve aux vieillards comme à l'enfance,
Qu'un bienfait n'est jamais perdu.
Il révèle encore à notre âme
Quels trésors, quels dons précieux
Embellissaient ce cœur de flamme,
Qui n'était connu que des cieux.

Mais, aux yeux de l'Espagne entière,
Tant de vertus brillent enfin;
On court, on vole à sa chaumière;
Isidore touche à sa fin.
Tout Madrid, le jour qu'il succombe,
Le place au rang des immortels:
Les plus grands rois n'ont qu'une tombe,
Un laboureur a des autels.

Le Banquier et le Gentilhomme.

Chez un riche banquier qui, d'un bienheureux somme
Semblait dormir, près de son coffre-fort,
Entre d'un pas timide un pauvre gentilhomme,
Pâle, défait, à demi-mort :
— Mille pardons, monsieur Clérique,
Si vous ne dormiez pas... — Que veux-tu ? — sur ces bords,
Nouvellement venu d'Afrique,
J'ai besoin d'un écu ; prêtez-le moi. — Je dors.

De quoi vous sert votre opulence,
Si votre main ne sème les bienfaits ?
Riches, éveillez-vous, secourez l'indigence :
La charité ne dort jamais.

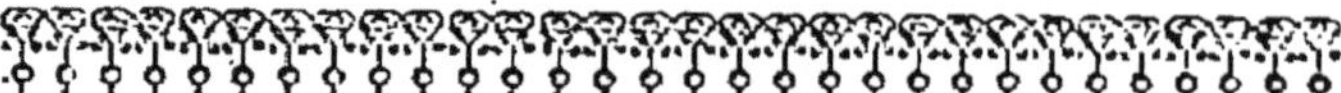

Le Lys et le Buisson.

Un jeune lys, l'amour de la nature,
Sous un feuillage épais, à couvert des autans,
Coulait d'heureux instants.
Hélas! pour son malheur trop fier de sa parure,
Un jour, il s'indigna de cette vie obscure :
Étalons, se dit-il, nos appas séduisants.
A peine il a percé le buisson qui le cache,
Qu'un ver impur ternit l'éclat de sa beauté :
L'innocence ne peut se conserver sans tâche
Qu'à l'abri de l'humilité.

La jeune Acheteuse.

Holà ! quelqu'un au magasin !
Criait Jeannette sur la porte,
Et commis d'accourir : je veux un casaquin
Rouge ou bleu, jaune ou vert, peu m'importe ;
Car je ne tiens qu'à la bonté.
— Tenez ceci fera bien votre affaire,
Prenez en toute sûreté.
Il offre l'étalage.— Oh ! Dieu ! je n'ai que faire
D'une étoffe exposée aux caprices du temps ;
Elle n'est bonne au plus qu'à parler aux passants ;
Allons chercher au fond de la demeure.

Filles, ceci s'adresse à vous ;
Vous le comprendrez tout-à-l'heure.
Voulez-vous, à seize ans, hymen paisible et doux,
Gardez de vous offrir : tel parti vous rejette,
Qui du geste et de l'œil semblait vous approuver ;
Mais cachez vos appas dans une humble retraite,
Taisez-vous, vivez bien, on saura vous trouver.

L'Enfant et les Étoiles.

Papa, disait un soir, Frédéric à son père :
D'où vient l'ordre constant qui règne dans les cieux ?
— Chaque astre, mon enfant, roule et vit dans sa sphère :
Ah ! si les hommes sur la terre,
Savaient les imiter, tout en irait bien mieux !

Mais, de nos jours, nul qui reste à sa place ;
Chacun, pour s'élever, s'intrigue à sa façon ;
Le manant du bourgeois veut marcher sur la trace ;
Le laboureur veut devenir maçon ;
Le maçon, à son tour, lorgnant une autre route,
De la truelle se dégoute.
Tel est barbier, qui se fait médecin ;
Tel autre est moine, il prend le glaive en main.
Chacun suit ses désirs ; on poursuit pêle-mêle,
En dépit du bon sens, sa carrière nouvelle :
De là le trouble et la confusion.
Les astres, sous les yeux du maître qu'ils bénissent,
Suivent en paix les lois qui les régissent ;
L'homme, quand suivra-t-il les lois de la raison ?

* Cette fable est renfermée dans les cinq premiers vers. mais, malgré sa simplicité, elle ne serait guère comprise par l'enfance. En développant le sens de la morale, on a voulu donner une idée de la manière d'expliquer à l'enfant les diverses allégories de ce recueil, et de lui en faire reconnaître, autant que possible, le but instructif.

L'Arbre transplanté.

Loin des feux du Midi que nul art ne remplace,
Un habitant du Nord, jaloux de son verger,
Y voulut transplanter un superbe oranger.
Aussitôt fait que dit : l'arbre y trouve sa place,
Et les soins les plus assidus ;
On le bêche, on l'arrose, on le fume, on l'enchasse,
Mais tous soins furent superflus.
L'arbre dépérissait : témoin de sa détresse,
Le jardinier surpris lui dit avec tristesse :
« Ton écorce n'a plus d'odeur,
Et ta feuille hélas ! est flétrie ;
Bel arbre, d'où vient ta langueur ?
— Je ne suis plus dans ma patrie. »

Cette fable est pour vous, parents imprévoyants
Qui, sourds à tous les sacrifices,
Ne consultant que vos goûts, vos caprices,
Réglez à votre gré le sort de vos enfants.

Chacun a son attrait; chacun, d'un pas fidèle,
Doit marcher dans la voie où le Seigneur l'appelle.
Loin de les détourner, sachez guider leur pas;
Conseillez, ne commandez pas.
A chaque arbre sa place, ainsi d'une famille ;
Aux uns les pays chauds, à d'autres les frimas.
Tel meurt dans la cité, qui dans le cloître brille :
Voulez-vous rendre heureux votre fils, votre fille?
Laissez-les vivre en leurs climats.

La Violette et la Rose.

Jeune fleur, aimable compagne,
Étalez vos brillants appas
Dans le vallon, sur la montagne,
Moi, je ne vous imite pas.
Sous cette charmille adorée,
Qui me dérobe à tous les yeux,
Il m'est si doux d'être ignorée !
Vivre caché, c'est vivre heureux.

Que vous sert, Rose printanière,
D'offrir à vos admirateurs,
Dans des flots de pure lumière,
La richesse de vos couleurs ?
Vous vous élevez, je m'incline ;
Le jour vous brûle de ses feux ;
L'ombre rafraichit ma racine :
Vivre caché, c'est vivre heureux.

Vous triomphez, quand on encense
Et vos parfums et vos attraits ;
Mais trop souvent de préférence
Un ver jaloux ternit vos traits.
Moi, qui ne brigue aucun hommage,
Si je n'ai pas l'encens des dieux,
Des vers je ne crains point l'outrage :
Vivre caché, c'est vivre heureux.

Quand Zéphir, d'une aile amoureuse,
Vous caresse au fond des déserts,
Votre tige plus radieuse
Se balance au milieu des airs :
Vienne l'orage : votre tête
Ploira sous l'aquilon des cieux;
Moi, je résiste à la tempête :
Vivre caché, c'est vivre heureux.

Les voluptés ont leur supplice;
La gloire passe en un moment :
D'un enfant, tantôt le caprice
Vous effeuille cruellement ;
Tantôt une indiscrète abeille
Vous ravit un miel précieux;
Vous pâlissez, je suis vermeille :
Vivre caché, c'est vivre heureux.

Je rends hommage à votre empire,
Vous êtes la reine des fleurs;
Mais la paix qu'ici je respire,
Vaut bien mieux que tous vos honneurs.
Fussé-je à jamais délaissée,
J'aurai répandu dans ces lieux,
Le doux parfum d'une *Pensée* :
Vivre caché, c'est vivre heureux.

III.

Empire des passions. — Orgueil. — Égoïsme. — Ambition. — Bassesses de l'intrigue. — Causticité. — Envie. — Jalousie. — Faux rapports. — Avarice et Gourmandise. — Luxure. — Colère. — Paresse.

Le Sourd et le Dentiste.

Assis dans son fauteuil, lisant le *Nouvelliste*, *
Chez Lucas, un matin, se présente un dentiste.
— Bonjour, monsieur Lucas ! avez-vous bien dormi ?
— Un peu haut, s'il vous plait, je n'entends qu'à demi.
— Je tenais à vous voir, et je viens en personne.....
— Le temps est beau, tant mieux, la chasse sera bonne.
— Comment vous portez-vous ? — Nous tuerons des perdrix.
(J'ai beau m'égosiller, il ne m'a pas compris.)
— Vous lisez le journal; que fait la République ?
— Ha ! ha ! vous me parlez de ma nièce Angélique;
Ses civets sont exquis, et ses rôtis fort bons.
— Mais il ne s'agit pas de rôts ni de jambons;
Je venais pour vos dents vous offrir mes services.
— Comment ! vous préférez la chasse aux écrevisses :
A ce goût singulier, je ne vous connais plus.
— Nous perdons notre temps en discours superflus;
Vos dents, monsieur Lucas ! — Si j'aime la bécasse !

* Journal des chasseurs.

Qui ne l'aimerait pas ? (Il est fou pour sa chasse.
Ma foi, je ne veux point épuiser mes poumons,
Et m'en vais de ce pas lui montrer les talons.)
Adieu, monsieur... j'ai vu des sourds, mais de la sorte,
Jamais, dit le dentiste, en regagnant la porte.

Que de sourds, parmi nous, mais d'une autre façon,
Qui le sont tout autant que celui de ma fable;
Faites parler bien haut la voix de la raison,
Ils n'entendent plus rien, hormis leur passion;
Et trop souvent, hélas! le mal est incurable.

La Toile et le Calicot.

J'enrage : tout le jour, flotter au gré des vents,
Fixer par mes couleurs les regards des passants,
Et pas un qui m'achète ;
Que dis-je ? préférer à mon brillant dessin
La toile qui pâlit au fond du magasin ;
Fût-il jamais une erreur plus complète !
Et puis, vivez chez un peuple de sots :
Ainsi parlait un jour l'enseigne des magots. *
Quelqu'un lui dit : tais-toi, vil calicot, et sache
Qu'on te fait trop d'honneur de t'enfermer la nuit :
C'est le mérite qui se cache,
Et la sottise se produit.

*Magasin de Paris sous le titre des deux Magots.

L'Aveugle et l'Égoïste.

Dans un sentier rapide,
Un aveugle normand,
N'ayant qu'un chien pour guide,
Cheminait lentement;
Sa pauvre destinée
S'en venait au manoir
Délasser sa journée,
Par le repas du soir.

Soudain vers l'homme en bure
Accourt, comme un lutin,
Un fat, une âme dure,
Un égoïste enfin,
Qui le heurte et l'emporte,
Dans sa marche empressé,
Si bien que sur sa porte,
L'aveugle est renversé.

A ce bruit, on frissonne,
Et le secours est prompt;
Chacun veut en personne
Venger un tel affront:
Mais, reprenant haleine,
L'aveugle, avec douceur,
Exprime ainsi sa peine
Au fougueux promeneur:

— Apprends, sur ton passage,
L'ami qui m'as heurté,
A respecter mon âge
Et mon infirmité.
Ma légitime plainte
Ne te demandait rien;
Pourquoi fouler sans crainte
Un pauvre homme et son chien?

— Les gens de ton espèce
Sont à charge ici-bas;
Tant pis, si ta vieillesse
Se trouve sur mes pas!
Distrait de ma nature,
Je suis droit mon chemin;
Qu'est-ce une meurtrissure
Pour qui mourra demain?

— Je pardonne l'offense;
Car le maître des cieux
T'en a puni d'avance:
S'il m'a privé des yeux,
Des biens, des maux sur terre,
Juste dispensateur,
Ce Dieu, dans sa colère,
Il t'a privé d'un cœur.

Le Loup qui veut devenir Roi.

Que le lion sur terre étende son empire,
Qu'il soit le roi des animaux ;
Je n'examine point si ses titres sont faux ;
Quand les dieux ont parlé, que sert de contredire?
Non, je ne veux pas même en murmurer tout bas;
Mais ne pourrai-je pas,
L'homme en fait tout autant, par force ou par adresse,
Devenir roi de mon espèce?
Roi des loups!... dira-t-on que j'aspire trop haut?
Eh! suis-je pas descendant de Brifaut?
Brifaut!... mon sang d'ardeur bouillonne à sa mémoire...
Brifaut!... siècles futurs, vous ne pourrez le croire!
Venir, voir, égorger
Brebis, moutons, chiens et berger,
Quel autre, après César, moissonna tant de gloire?
Oserait-on me contester mes droits?
Qu'on tremble: je suis jeune et plus fort qu'on ne pense;
Les bois que j'ai quittés sont pleins de ma vaillance.
Mais non, au seul accent de ma royale voix,

Tous viendront à l'envi reconnaître mes lois,
Et se courber devant mon trône.
Serment d'obéissance et de fidélité
Prêté,
Qu'un de vous, tour à tour, je le veux, je l'ordonne,
Digne sujet de ma couronne,
M'apporte, chaque jour, n'importe la saison,
Un mouton.
Sera la présente ordonnance
Mise en vigueur sans tolérance,
Par décret du mois de janvier,
L'an de mon règne le premier,
Scellé du sceau de ma puissance,
En mon château des catacroux;
Signé : *Brifaut fils, roi des Loups.*
Bouffi de ses pensers, déjà mon nouveau sire
S'en va criant dans son délire:
« Peuple-loup, je suis votre Roi;
« Que tout dans ces forêts respecte mon empire. »
Ce langage inouï sème partout l'effroi.
De toutes parts, on fuit, on se disperse:
Une louve tomba, dit-on, à la renverse
A l'aspect de l'usurpateur.
Maint loup, pour la venger, déploya sa valeur;
Mais presque tous mordirent la poussière;
Enfin la République louvetière
Allait céder, quand un nouveau Brutus
Ranime tout-à-coup les esprits abattus.
A sa voix, on fait volte-face;
Près du héros, on accourt, on se place;
Et, sur ses pas notre escadron,
Honteux de son peu de courage,
Revole au combat plein de rage;
Mais le combat ne fut pas long.
N'étais-je pas heureux aux lieux qui m'ont vu naître,

Dit Brifaut, l'œil en pleurs, s'en allant chez Pluton.
En tout temps, sans périls, je pouvais m'y repaître.
Jour funeste où l'espoir de régner m'a séduit !
Le ciel m'en a puni, j'ai mérité de l'être :
Aveugle ambition, voilà quel est ton fruit.

Cette fable, lecteurs, nous rappelle ces hommes
Qui veulent à tout prix, dans le siècle où nous sommes,
Monter au faîte des grandeurs.
En vain ils s'évertuent à gravir ces hauteurs
Où semble être attaché le bonheur de leur vie,
Ils tombent en chemin sous les coups de l'envie,
Et voient tous leurs lauriers en un jour se flétrir.
Bonne leçon pour eux ! l'adversité rend sage.
Puissent-ils de leurs temps faire un meilleur usage,
Et dépris d'un éclat qui va s'évanouir,
Détourner leurs regards vers un autre avenir ?

L'Aigle et le Limaçon.

Au sommet d'un arbre grimpé,
Un jour l'oiseau du maître du tonnerre
Y voit un limaçon : — mes yeux, m'ont-ils trompé ?
Dit-il : non, c'est bien là l'excrément de la terre ;
Et comment as-tu fait pour venir ? — J'ai rampé.

Combien, dans le siècle où nous sommes,
De limaçons parmi les hommes !

Les trois Voyageurs.

Trois villageois, vêtus de bure,
L'un boiteux, l'autre borgne, un troisième gobin,
Je ne sais par quelle aventure,
Se rencontrèrent en chemin.
Ils allaient ensemble à la foire,
En un lieu situé sur les bords de la Loire :
Or le boiteux des trois était le plus malin;
(Chose assez rare, en pareil voisinage.)
Il marchait entre deux, un bâton à la main.
Après maint et maint bavardage,
Après qu'on eût politiqué,
Glosé sur tout, et beaucoup critiqué,
« Savez-vous bien, messieurs, dit-il, qu'à la Roquette,
« Aux jours de foire, on vole en plein midi,
« Savez-vous bien qu'il faut n'être pas étourdi,
« Et n'emprunter, pour voir, ni lorgnon, ni lunette,
« Mais bien voir de ses yeux, y voir des deux côtés,
« Pour se soustraire aux mains des filous effrontés,
« Dont vous poursuit partout la famélique escorte.
« Malheur pour se sauver à qui n'a qu'une *porte !* »
Attrape, c'est pour toi, dit le borgne en secret;
Essayons toutefois de relancer le trait :
« Oui, c'est vrai, j'étais même un jour en compagnie
« D'un homme aux yeux de lynx, il y voyait fort bien,
« Et sans doute trahi par son mauvais génie,
« Malgré ses deux bons yeux on ne lui laissa rien.
« Son pécule en entier sombra dans la mer noire.
« Lors maudissant filous et foire,

« Triste, abattu, le bec pendant,
« Il s'en revint clopin clopant,
« Déplorer la rigueur de ses destins contraires :
« Depuis, il a toujours *cloché* dans ses affaires. »
Le boiteux, à ces mots, grommela dans ses dents,
Mais craignant le cyclope et ses propos mordants,
Il voulut s'en venger sur son autre compère :
« Je sais, dit-il, celui qui fût ainsi grippé,
« Je gagerais pourtant qu'on s'y sera trompé ;
« Car pauvres et filous ne sympathisent guère :
« Ces bipèdes renards connaissent leur gibier ;
« Ils laissent de côté le mince roturier,
« Et s'attaquent de préférence,
« A certaine grandeur, à certaine *éminence*,
« Qui, loin de marcher en avant,
« Jalouses de garder leur rang,
« Se prélassant à leur manière,
« Se tiennent toujours par derrière. »
L'homme pourvu de la gibbosité,
A cette harangue nouvelle,
Reconnut que le trait venait de son côté.
Il l'eut compris à moins : riposter de plus belle,
C'était son fait, il s'y sentait porté.
L'esprit ne manquait pas, ni la causticité.
Loin de céder à la vengeance,
Il prit le bon parti, celui de l'indulgence.
Sage leçon pour tous ! femme, vieillard, enfant,
Chacun devrait en faire autant.
« Croyez-moi, leur dit-il, messieurs et chers confrères,
« Chacun a ses défauts, ses travers, ses misères ;
« Loin de les relever, marchons ensemble en paix ·
« Les chemins sont assez mauvais,
« Sans nous jeter encor des pierres.

Le Ver luisant et le Serpent.

« Un ver luisant errait sous de vertes charmilles ;
Un serpent s'en approche et lui perce le sein.
Que t'ai-je fait? dit-il au perfide assassin ;
— Tu brilles. »
Que de victimes sous tes coups
J'ai vu tomber, maudite envie,
Serpent au cœur de fiel, à l'œil faux et jaloux !
Ton audace souvent triomphe en cette vie,
Où tout chemin t'est bon pour séduire et tromper ;
Mais tremble, il est au Ciel un œil qui t'a suivie,
Un bras vengeur auquel tu ne peux échapper.

Le Chat et le Chien.

Un chat vivait dans un palais,
Avec un chien fort débonnaire ;
Ils étaient tous deux gras et frais ;
Car ils faisaient très-bonne chère.
Entre Rodilard et Médor,
Régnait la plus douce harmonie ;
La parque, d'une main amie,
Filait leurs jours de soie et d'or.
Mais les plaisirs ne durent guère :
La douleur les suit à grand pas :
Qui troubla l'union si chère ?
Ce fut le chat, n'en doutez pas.
S'apercevant que la maîtresse,
Sans doute pour bonne raison,
Prodiguait à son compagnon,
Plutôt qu'à lui, mainte caresse,
Il en devint tout furieux ;
Et cachant sa haine traîtresse
Sous le voile de la tendresse,
Un jour, il lui creva les yeux.

Que d'amis dont l'âme est saisie
Pour un rien, d'égale fureur !
Loin de compter sur leur faveur,
Craignez tout de leur jalousie.

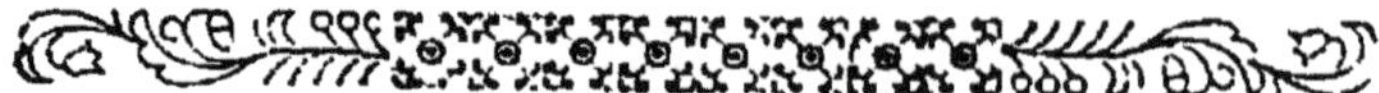

La Pie, le Merle et l'Hirondelle.

Margot la pie, un peu trop caquetteuse,
Et rapporteuse,
(C'est son défaut, il l'est de bien des gens
Que nous ne nommons pas, voulant être indulgents)
Vint un jour au logis du merle son compere,
Lui rapporter en grand mystère,
Ce qu'avait dit de lui méchamment un bouvreuil,
En critiquant les oiseaux du bocage :
« Le merle! eh! mais, vraiment, du corbeau c'est l'image,
Même sottise, même orgueil,
Et toujours l'habit de grand deuil;
Si son bec est citron, c'est l'effet de l'envie;
Il enrage de chanter faux,
Et ce n'est que la jalousie
Qui lui fait siffler ses rivaux. »
— Est-ce vrai, dit le merle? — oui, très vrai, je l'assure;
J'aurais voulu d'abord relever cette injure,
Mon amitié pour vous m'en faisait un devoir;
Je pouvais le tancer; il a le cœur si noir
Ce malin, ce pédant, quand votre âme est si pure.
Mais sous le poids de l'imposture,
Mon cœur, en l'entendant, s'est trouvé suffoqué,
J'allais parler quand la voix ma manqué.
A ce discours piquant, le merle entre en colère,
Il pâlit, il se désespère,
Jure de s'en venger, et par monts et par vaux,

S'en va de sa blessure étourdir les oiseaux.
Il la contait au geai, quand passe une hirondelle :
— Permettez qu'avec vous, ma belle,
J'épanche aussi mon cœur;
Vos conseils, j'en suis sûr, calmeront ma douleur.
Et des torts du bouvreuil, voilà qu'il renouvelle
L'inépuisable kyrielle.
Il se plaindrait encor, si l'oiseau voyageur
N'eut interrompu le parleur,
Par ces mots d'un grand sens : j'ai parcouru le monde,
Je sais ce qui se passe en la machine ronde;
Les bavards à foison s'y pressent sur nos pas;
Voulez-vous mon avis? ne les écoutez pas.
De tout ce qu'on redit, n'importe la personne,
Ne le prenez jamais pour ce qu'on vous le donne;
Mais faites-en deux lots : tout bien considéré,
L'un se trouvera faux et l'autre exagéré.
Faites plus, croyez-moi, remontez à la source,
Portez au décocheur le trait qu'il a tiré,
Vous n'aurez pas regret à votre course;
Car le fait éclairci viendra vous exposer
Ce qu'à mes vieux parents j'ai toujours ouï dire :
Que, qui dans ses rapports ne craint pas de médire,
A bien souvent le front d'en imposer.

Les deux Renards.

Deux renards, une nuit, dans un gîte à plumage,
L'histoire ne dit pas comment,
Entrèrent : je vous laisse à penser quel carnage !
Coqs, poulets et chapons, tout passa sous la dent,
Tout descendit au noir rivage.
On s'emplit. Or, avant de quitter ce parage ;
Dévorons tout, dit l'un, il était jeune, ardent ;
L'autre était vieux, avare, et se croyait plus sage :
— Et l'avenir, tu n'y penses donc pas ?
Mon enfant, n'est-ce pas assez d'un bon repas ?
Manger tout en un jour serait une folie ;
Chaque jour n'a-t-il pas sa faim ?
Ménageons le trésor, vivons d'économie,
Crois-moi, nous reviendrons demain.
— Demain, fi-donc ! malheur au téméraire
Qui viendrait de son nez reflairer ce butin !
Il y mordrait à coup sûr la poussière.
Après maints quolibets, on finit par se taire.
Chacun prend son parti : le jeune mange tant
Qu'il crève, et peut à peine, à peine se traînant,
S'en aller mourir chez ses lares.
Le vieux renard, vrai modèle d'avares,
Au poulailler revint le lendemain,
Mais, au lieu de sa proie, il y trouva sa fin.

Chaque âge a ses défauts ; ne méprisons personne :
Accuser les humains, ce n'est pas les changer ;
Mais suivons le conseil que la vertu nous donne :
Corrigeons-nous pour corriger.

Le fruit du Vice.

Le jeune et beau Damis, sous le toit paternel,
Tant que son cœur fut pur, coula des jours de miel;
Mais d'une passion son cœur devint la proie :
Adieu le doux repos et l'innocente joie.
Captivé tour à tour par d'objets séduisants,
Dans le bourbier du vice il se traina quinze ans :
  Quinze ans de chaîne et de torture!
Las enfin de subir les tourments qu'il endure,
A la honte, au remords, au désespoir vendu,
Au fond d'un bois obscur on le trouva pendu.
Tel est l'affreux destin que le vice prépare :
N'allez pas croire, amis, que ce malheur soit rare;
Il n'est que trop fréquent : c'est que le cœur humain
    Est une meule de moulin
Qui se broie elle-même et se réduit en poudre,
  Dès qu'elle n'a plus rien à moudre.
Mais ce cœur enflammé, sa dévorante faim,
Qui pourra donc l'assouvir? rien d'humain.
Non, des désirs sans fin, sans borne, insatiables,
Ne s'accommodent pas des objets périssables;
Dieu seul peut les combler, ne vivons que pour lui :
Folie, aveuglement, que chercher d'autre appui!

Xantipe.

Un sage, s'il en fut, bonne pâte d'humain,
La douceur même, avait donné la main
A quelle épouse!... hélas! il ne s'en doutait guère,
Quand s'accomplit cette triste union :
Puisse-t-elle servir à d'autres de leçon ?
Hargneuse de tous points, et criarde, et colère,
Elle grondait sur tout, tempêtait pour des riens,
Battait les serviteurs, les traitait de vauriens,
De..... bref, en la nommant, je nomme une mégère,
Un tison que l'enfer avait vomi sur terre.
Xantipe, c'est son nom; mais soit dit entre nous.
Un jour, par maladresse, elle casse une assiette;
Et voilà la mer en courroux :
— D'où vous vient, pour si peu, cette humeur inquiète ?
Chère moitié, de grâce, calmez-vous,
Lui dit avec bonté, le meilleur des époux.
— C'est bien à vous, monsieur, de tenir ce langage,
Vous qui verriez crouler la maison sans émoi ?
Que ne puis-je, maraud, réparer le dommage,
En brisant ces restes sur toi ?
Elle le pousse à bout : le mari reste coi,
Pensant que le silence appaiserait l'orage :
Mais c'est précisément sa douceur qui l'enrage.
— La peste ton sang froid, je te le ferai voir;
Elle lui jette au front un plat d'eau qui l'inonde;
Et le mari sans s'émouvoir :
— Oh! je m'attendais bien, quand le tonnerre gronde,
Il ne tarde pas de pleuvoir.

Les deux Socs de charrue.

Deux socs, l'un tout rouillé, l'autre d'un vif émail,
Se rencontrent un jour, sortant d'une bourgade :
— Holà ! dis-moi, mon camarade,
Qui te rend si poli ? — Le travail.

On vous le dit sans cesse :
Quels que soient vos vertus, vos talents et vos goûts,
Humains, humains, préservez-vous
De la rouille de la paresse.

IV.

Rapidité de la vie. — Mort. — Résurrection. — Jugement. — Enfer. — Paradis.

Le Ruisseau.

Dis, maman, sous la verdure,
Où va le volume d'eau,
Qu'avec un léger murmure
Roule à nos yeux ce ruisseau?
Sur ce bord qui nous enchante,
D'où nous la voyons partir,
Toujours fraiche et transparente,
La verrons-nous revenir?
— Non, mon fils, loin de sa source,
Ce ruisseau fuit pour toujours;
Et cette onde, dans sa course,
Est l'image de nos jours.
— S'il pouvait franchir sa rive!...
Mais, dans sa captivité,
De cette onde fugitive,
Quelle est donc l'utilité?
— Elle baigne en son passage,
Et les arbres et les fleurs,
Qui croissent sur son rivage,
Et jouit de leurs odeurs.
Si, comme elle, en cette vie,
Nous semons quelque bienfait;
La part que Dieu nous promet,
Ne nous sera point ravie.

La Colombe.

Sous le beau ciel de la Provence,
Vivait naguère au sein de l'innocence,
Une jeune colombe aussi blanche qu'un lys.
Tous les bois d'alentour en étaient embellis;
C'était l'Esther de la contrée;
Et Noé, dans l'arche sacrée,
Jadis à ses vertus eût décerné le prix.
La douceur, l'équité formaient son caractère;
Bonne envers ses pareils, affable, hospitalière,
Jamais on ne la vit, n'importe la saison,
Aux jours mêmes de la détresse,
Disputer le grain du sillon,
Au moindre chétif oisillon.
Que dis-je? loin, bien loin de rien faire qui blesse,
Dans sa grande délicatesse,
Elle eut préféré mille fois,
Nourrir de ses sueurs tous les hôtes des bois.
(Tant de vertus ne vivent guère!
Dieu rappelle les siens; il agit en bon père.)
Or, un jour qu'au milieu des champs,
Notre colombe, aux pas trop confiants,
Sans se douter de l'aventure,
D'ici, de là, cherchait pâture,
Toute joyeuse, à ses enfants :
Voilà qu'un ennemi (faut-il que je le nomme?
Ce n'est pas le vautour, ce mauvais cœur, c'est l'homme
Se glisse en un taillis épais de chênes blancs,
La guette en sournois, le perfide!

Puis, d'un plomb homicide,
Lui porte, en un seul coup, le trépas dans les flancs.
(Ainsi, l'auteur de la nature
Permet souvent que la vertu s'épure
Au creuset des plus grands malheurs :
C'est dans les grands revers qu'on connaît les grands cœurs)
Blessée à mort, la pauvre volatile
S'échappe, et peut encor regagner son asile.
Jugez de la douleur : on se fond en sanglots,
En remèdes, en soins, mais tout fut inutile.
La mort venait d'un pas agile ;
A peine eut-on le temps de recueillir ces mots :
« Je pardonne à celui qui fait couler vos larmes ;
« J'ai vécu sans remords et je meurs sans alarmes ;
« Je meurs, Dieu l'a voulu, que son nom soit béni !
« Trop heureuse je suis de mourir dans mon nid,
« Et d'y revoir encor mon trésor et mes charmes. »
Puis, cette tendre mère, oubliant tous ses maux,
Prodiguait ses baisers à ses chers colombeaux :
« Je vous quitte, il est vrai, mais mon amour vous reste ;
« Adieu, vivez unis, le ciel fera le reste. »
Elle dit, et soudain, sans trouble, sans effort,
Exhale un doux soupir, ferme l'œil et s'endort.
Quelle mort à la fois et touchante et sublime !
Ainsi mourir, n'est pas le partage du crime,
Ainsi mourir, au ciel c'est prendre son essor.
Heureux qui meurt d'une si belle mort !
Vous qui la désirez, imitez ma colombe ;
Vivez bien, avec vous descendra dans la tombe
La paix, la douce paix, fille de la vertu :
On meurt toujours content quand on a bien vécu.

Le Soldat et l'Abeille.

On l'a dit avant moi : honte à qui se fait gloire
De renier la foi de ses aïeux !
Dieu l'en punit même dans ces bas lieux.
Contons, à ce propos, une fable ?... une histoire ;
Car, c'est un fait certain, je l'ai vu de mes yeux :
En voici les détails, si j'ai bonne mémoire.

Un soldat, un meunier, un pâtre, un bûcheron,
Quatre amis de mauvais renom,
S'étaient rendus sous une treille,
Pour y jouer, chanter et vider la bouteille.
A peine assis, la conversation
Prend feu : d'abord on parla politique ;
Chaque tête, à son gré, réglait la République.
Puis, on tomba sur la religion.
— Ma foi, dit le soldat, que si chose m'étonne,
C'est monsieur le curé qui, dimanche en son prône,
Dit qu'un jour devions tous, mais tous ressusciter ;
Roi, peuple, enfants, vieillards, il n'excepte personne.
Sornette que cela, facile à débiter ;
Mais à prouver, néant ! pauvre homme ! il déraisonne.
Impossible, en effet, qu'un mort, s'entend, vrai mort,
Pourrisse dans la tombe, et s'en relève encor ;
Qu'il reprenne sa vie et ses os, sa substance,
Tel qu'il fût, temps jadis, en sa même existence.
Savons ce qu'il en est, l'aurait appris à moins
Jeannot qui, quatorze ans, fit la guerre aux Bédouins.

Il fallait voir, au fort de la bataille,
Comme le feu de la mitraille
Les semait entassés dans le champ de la mort;
Et l'on viendra compter que tout ce peuple dort;
Qu'il reviendra sur pied, que c'est la foi chrétienne :
Foi des sots, ce n'est pas la mienne.
J'avons encor là d'dans (frappant son front) quelque peu de raison.
Et sommes pas une ganache;
Puis il relève sa moustache,
Et pirouette sur son talon.
Idiots d'applaudir : gens de même farine,
Qu'attendrez-vous? que même son.
Il n'en fut pas ainsi d'une abeille voisine.
(Les insectes souvent raisonnent mieux que nous:
Or, celle-ci raisonnait à merveille.
Aristote lui-même en eût été jaloux.)
Elle avait tout entendu de la treille,
Et grillait de punir l'impudent raisonneur.
Dissimulant néanmoins sa fureur,
Elle s'en vient tout droit autour de son oreille,
Lui bourdonner ceci : — toi qui parles si bien,
Réponds : celui qui l'a créa de rien,
Ne peut-il pas, s'il veut, reproduire une chose?
L'être est-il pas plus fort que la métamorphose?
L'homme meurt, le blé meurt à son tour;
Or, si ce petit grain qui se pourrit en terre,
De ces cendres renait, revoit encor le jour,
Comment l'homme, ce grand mystère,
Ce chef-d'œuvre de Dieu, mourrait-il sans retour?
Le soldat ébahi l'écoutait sans réplique.
— Encore un mot, reprit l'insecte bourdonnant,
Sans requérir ici que ta science explique
Comment le suc des fleurs, notre trésor unique,
Se change par nos soins en un miel odorant :
N'es-tu jamais entré dans une magnanière?
As-tu vu cette fourmilière

De cocons suspendus à cent rameaux divers ?
   C'est le travail de nos cousins les vers,
Dont l'art industrieux pour vous file avec joie
   Ces beaux tissus d'or et de soie.
Eh bien ! toi qui sais tout, comment dans sa prison
Ce ver entré rampant en sort-il papillon ?
Qui le transforme ainsi ? qui lui donne des aîles ?
Il pourra s'élancer aux voûtes immortelles,
Lui simple vermisseau, et l'homme une fois mort,
(Tel un flambeau s'éteint) n'aurait pas d'autre sort ?
Réponds... quoi ! tu te tais ! ton arme se rengaine,
   Et tu fais pourtant l'esprit fort.
Haro sur le pédant ! au signal de sa reine,
   L'essaim accourt, il inonde la plaine.
Nos gens de fuir : celui qui bravait le canon,
   Ne brava pas leur aiguillon ;
On le poursuit partout, on le pique, on l'assaille ;
   Ce fut pire qu'une mitraille,
Et le fat ignorant fut mis à la raison.

Les Talents.

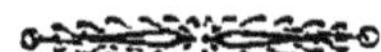

Je voudrais retracer le plus grand des tableaux ;
Mais où trouver des couleurs assez vives ?
Irai-je d'un vallon interroger les rives ,
Mettre en scène les fleurs, les bois , les animaux ?
Non , la nature entière , et ses beautés naïves
Ne pourraient, cette fois, que souiller mes pinceaux.
Je ne connais ici qu'une digne parole ,
Celle de l'homme-Dieu : citons sa parabole.

Or, un riche partant pour un pays lointain ,
Voulut mettre ordre à ses affaires ;
Il assemble ses gens , et ses coffres en main ,
Ma foi de mes trésors vous rend dépositaires ;
Faites fructifier, leur dit-il , ces talents ,
Je reviens : vos labeurs et vos soins vigilants
Seront payés d'une éternelle fête.
Comptez sur moi, déjà la récompense est prête.
Il part, bientôt après, (tout ce qui passe est court ;
Je nomme ainsi dix ans d'absence;)
On entend un grand bruit, on s'empresse, on accourt ;
C'est lui-même, c'est lui : l'un bénit sa présence ,
L'autre maudit tout bas son retour imprévu ,

Malheur au serviteur surpris au dépourvu !
L'homme riche s'assied, et son bilan commence :
— Serviteur, de mes biens quel usage as-tu fait ?
— Maître, mes intérêts furent toujours les vôtres ;
J'ai reçu cinq talents, j'en ai gagné cinq autres.
— De ta fidélité mon cœur est satisfait ;
Ton destin sera grand et ton bonheur parfait ;
Entre et jouis de ma promesse.
L'autre dit : deux talents m'en ont rapporté deux.
— C'est bien ; ta vigilance a su combler mes vœux ;
Entre aussi ; prends ta part des dons de ma largesse.
Enfin triste, abattu, le troisième à pas lent,
S'approche, et l'œil baissé, tremblant :
Sachant que vous étiez un maître dur, sévère,
J'ai craint ; j'ai préféré l'enfouir dans la terre ;
Reprenez-donc votre talent.
— Quoi ! c'est là ton labeur, serviteur indolent !
Qu'on lui donne le prix de sa paresse insigne :
Il dit, l'éclair aux yeux, de sa main fait un signe,
Et l'inutile agent, confus, sans dire mot,
Est, lié pieds et poings, jeté dans un cachot.

Le sens de ce fait prophétique
N'est pas douteux, d'ailleurs l'Évangile l'explique.
Quand s'accomplira-t-il ? nous y touchons bientôt.
Ce maître qui revient, c'est le juge suprême
Qui du Ciel redescend sur son char enflammé.
Heureux le serviteur qui l'attend et qui l'aime !
Jugé sur les talents qu'il répartit lui-même,
Dans ce dernier des jours où tout est consommé,
Chacun recueillera ce qu'il aura semé.

Le Poisson hors de l'eau.

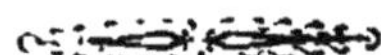

Libre de soins, et, loin de la cité,
Voulant un soir (c'était un soir d'été)
Inspirer ma rêveuse étude
Du calme de la solitude,
Je dirigeai mes pas vers les bords de la mer.
Le soleil des côteaux dorait encor les cimes :
Soudain s'offrent à moi deux immenses abimes,
L'un sous mes yeux, le gouffre amer ;
L'autre dans mon esprit, je pensais à l'enfer.
L'enfer, me disais-je à moi-même,
Tous les peuples l'ont cru : si j'écoute Platon,
Rien, nous dit-il, dans le Phédon,
De plus sage et plus vrai que ce dogme suprême.
Moyse nous l'enseigne : Isaïe à son tour
Parle d'un feu vengeur qui durera toujour ;
Et Jésus-Christ : « viendra le jour où ma justice
« Réglera le sort des humains ;
« Des foudres, des lauriers tomberont de mes mains ;
« Aux bons la récompense, aux méchants le supplice. »
Puis, joignant la raison aux oracles divins :
Point d'enfer, point de Ciel ; l'un nous démontre l'autre :
Si le crime est sans frein, quel espoir est le nôtre ?
Que sert la liberté ? pourquoi le bien, le mal ?
Et que devient l'ordre moral ?
Otez l'enfer, pourquoi les douleurs du calvaire ?
Dieu ne pouvait-il pas autrement satisfaire ?

A quoi bon en effet tant de peine et d'effort ?
Non, non; le fils de Dieu ne serait jamais mort
Pour le sauver, si l'homme à ses lois infidèle,
N'avait pas dû subir une peine éternelle.
Dieu ne nous a créés que pour nous rendre heureux,
Dit-on : je vois pourtant des fléaux désastreux,
La guerre, la famine et la lèpre et la peste,
Cent autres maux divers, et cette mort funeste
Qui fait peser sur tous son sceptre rigoureux ·
Or, s'il n'est pas, ce que l'impie atteste,
D'un Dieu bon, de punir au-delà du trepas,
Pourquoi ce même Dieu punit-il ici bas ?
Qu'on me donne à l'encontre un argument plausible ?
Mais qu'est-ce que l'enfer ? qui jamais le comprit ?
Où trouver de ses feux une image sensible ?
Quel est le plus grand mal de ce gouffre invisible ?
Tels étaient les pensers que roulait mon esprit :
Quand tout-à-coup éclate un cri de joie;
Je regarde : un pêcheur qui relève sa proie;
Sous son poids, la ligne pliait.
Or, c'était un poisson d'une très-belle taille :
Sur la rive jeté, notre homme l'admirait;
Et moi, sans m'arrêter à la forme, à l'écaille,
(Sans doute que le ciel ménagea la leçon)
J'étais préoccupé du sort de ce poisson.
Je le vois qui se dresse, il bondit, il s'agite,
Il se traine en tous sens, et se tord et s'irrite.
Ne me demandez pas d'où lui vient son tourment;
Il a perdu son élément.
Mais ce supplice intolérable,
Me dis-je alors, invariable,
S'il durait tout un jour, horreur!... si deux, si trois;
Si pendant tout un mois;
Si cette affreuse destinée
Se prolongeait toute une année;

Si toujours, sans jamais mourir !....
Ah ! c'est assez, cessons de discourir.
Je succombe à l'effroi que ce tableau m'inspire.
Vaine image pourtant : je n'ai pu mieux trouver.
Notre élément, c'est Dieu ; que sert de le prouver ?
Prouve-t-on l'air que l'on respire ?
Perdre Dieu, c'est la mer d'où l'homme se retire,
Pour suivre l'appat qui l'attire ;
Et l'imprudent puni de sa témérité,
Reste à sec, se débat pendant l'éternité :
Comprenne qui pourra cet éternel martyre.

J'ai dit, lecteur, et sans rien inventer :
Passons au but de notre histoire.
Crois-tu l'enfer ? — j'y crois — ce n'est pas tout d'y croire,
Songe à le craindre, à l'éviter.

Le Rêve d'un Enfant.

La nuit tombait : déjà ses voiles sombres
Enveloppaient cet univers ;
A peine encore au loin, sur les coteaux déserts,
Un reste de clarté luttait avec les ombres.
C'était l'heure propice où les anges du Ciel,
Inclinés au chevet de leur couche innocente,
Soupiraient mollement leurs cantiques de miel,
Ou passant sur leur front une main caressante,
Endormaient, leur parlant tout bas,
Les petits anges d'ici bas.
Puis, prenant tour à tour leur forme passagère,
Les songes, d'une aile légère,
Voltigeaient, souriant, autour de leur berceau.
C'était la fleur qui se mire au ruisseau ;
C'était le nid caché dans l'arbrisseau ;
Ou bien, le papillon que l'enfant, hors d'haleine,
De buisson en buisson, poursuivait dans la plaine.
Chaque nuit apportait son rêve gracieux :
Mais de tous le plus pur, le plus mystérieux,
Fut celui d'un enfant, sans doute aimé des cieux.
Ernest ! c'était son nom : Veut-on savoir son âge ?
Les fleurs de six printemps brillaient sur son visage.
Doux, aimable, enjoué, caractère parfait,
Bon cœur, s'il en fut un : mais revenons au fait.
Ce soir donc, du beau mois c'était la nuit première :
Mon jeune Ernest venait de clore sa paupière,

Et sa mère adorée, heureuse de ses soins,
S'éloignait sans regrets; quand, libre, sans témoins,
Après avoir long-temps contemplé son image,
Son ange, à ses côtés, lui tint ce doux langage :
— Mon bel ami, veux-tu voyager avec moi ?
— Je veux bien, dit l'enfant. — Place-toi sur mes ailes,
Nous volerons ensemble aux plaines immortelles :
Là, je te montrerai le palais d'un grand roi.
Et l'enfant tout joyeux se confie à sa foi.
Aussi prompts que l'éclair, ils franchissent l'espace ;
La terre a disparu ; la création s'efface;
Ils traversent d'un vol des mondes sans pareils ;
Ils laissent derrière eux mille et mille soleils :
Par de-là tous les cieux, ils s'élèvent encore ;
Enfin dans la splendeur du jour qui la décore,
Comme une jeune épouse, étalant ses beautés,
Se montre à leurs regards la reine des cités.
— C'est moi, dit l'ange, ouvrez : la grande porte s'ouvre.
Quel pinceau nous peindra ce que l'œil y découvre !
Le jaspe, l'émeraude, et l'améthiste, et l'or,
Les saphirs, les rubis, éblouissant trésor,
Se disputent l'honneur d'orner la ville sainte.
Un grand fleuve de paix coule dans son enceinte :
C'est là que les élus, affranchis de leurs fers,
Boivent l'heureux oubli des maux qu'ils ont soufferts.
Devant ces palais d'or, et ces tours de porphyre,
Inondé d'une joie impossible à décrire,
L'enfant resta long-temps immobile, ravi ;
L'ange le soutenait dans ses bras, attendri :
  Puis, revenant enfin de son délire,
— Mon bon ange, dis-moi, ces pas de jeunes sœurs,
Ces longs voiles d'azur, ces couronnes de fleurs,
    Ces belles robes du dimanche,
    Quel est ce cortége nouveau ?
— Les vierges qui partout accompagnent l'agneau.
  — Et ces vieillards à barbe blanche,

Dont le regard est surhumain?
— Les prophètes. — et ceux qui la palme à la main,
Sont assis sous un dais que la pourpre environne?
— Ce sont les saints martyrs que tu vois sur leur trône.
— Mais que fait-on dans ce saint lieu?
— On chante, on bénit Dieu.
— On ne pleure donc plus, comme on fait sur la terre?
Car, j'ai pleuré, moi. — non, plus de tristesse amère,
Plus de deuil, plus de mort. — On vit toujours? — toujours.
— Et la nuit?... — plus de nuit; c'est le plus beau des jours
Qui de ses purs rayons éclaire ce rivage;
Son éternel printemps n'y connait point d'orage.
— Mais voit-on sa maman? peut-on se reposer
Dans ses bras, quand on veut, et ravir son baiser?
— Les plaisirs les plus doux trouvent ici leur place;
On s'aime, on se connait, on se voit, on s'embrasse,
Et chacun vit heureux sous l'aile du Seigneur.
— Oh! que je voudrais bien partager ce bonheur?
Mais maman!... sans maman... tu sais combien je l'aime,
Si j'allais la chercher?... si tu venais toi-même?
— J'y consens: à ces mots, du céleste séjour,
Ernest impatient croit être de retour:
— Vite, vite, maman, repartons, l'heure presse:
Je viens pour toi: ces mots alarment sa tendresse?
La mère accourt: qu'as-tu? d'où viens-tu, mon cher fils?
Et l'enfant s'éveillant: je viens du paradis.
Des pleurs d'amour coulaient encor de sa paupière;
On eût dit sur son front deux rayons de lumière:
Depuis, le cœur rempli d'un souvenir si doux,
Ernest redit souvent: *maman, quand partons-nous?*

La double Absolution. (*)

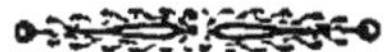

Dans son humble réduit, au prêtre du Seigneur,
Un vieillard éperdu confiait sa douleur :
— Mon père, j'ai vécu, je meurs couvert de crimes.
Ma place est préparée au fond des noirs abîmes.
Ces mots disant, des pleurs ruissellent de ses yeux.
— Recourez à celui qui jamais n'abandonne.
— Plus de recours pour moi. — N'avons-nous pas aux cieux
— Un vengeur qui punit — un père qui pardonne?
— Je tremble. — Profitez du secours qu'il vous donne
Confessez vos erreurs : il tombe à ses genoux.
— Ah! j'en frémis encor, me pardonnerez-vous?
— Parlez. — Sur l'échafaud, trois innocentes têtes,
Noblesse, éclat, talents, beauté, vertus parfaites!
Je pouvais les sauver, ma haîne les perdit.
Là, sont leurs trois portraits que ma main suspendit,
Qu'elle a couverts d'un voile à ma honte propice.
Que je les voie encor pour combler mon supplice!
Il court, soulève un crêpe; et le prêtre interdit :
« Dieu!... c'est mon père, et ma sœur, et ma mère! »

(*) Voir le morceau de prose ci-après.

Quel combat pour son cœur ! quel coup inattendu !
Le coupable à ses pieds se traînait confondu.
Mais lui, brisant les flots de sa douleur amère :
« Fils, (reçois ce baiser) je pardonne à jamais : »
« Prêtre, je vous absous, vivez, mourez en paix.

Sacerdoce divin, toi que l'ange révère,
Baume dans nos malheurs, remède à nos forfaits,
Ainsi tu règnes sur la terre,
Par tes vertus et tes bienfaits !

Épilogue.

Déjà l'oiseau s'endort sous le feuillage ;
Déjà la fleur, amante du bocage,
Ferme son sein aux baisers du zéphir ;
La nuit reprend sa robe de saphir ;
Plus aucun bruit : le marteau sur l'enclume
Se tait ; tout dort, et je quitte ma plume.
A vous, ami, qui lisez, le premier,
Cet opuscule, au sortir du métier,
Vous dont le goût éclaire la critique,
De le juger, en censeur véridique.
Expliquez-vous sans crainte et sans détour ;
Je vous écoute, et réponds à mon tour.
— Eh ! mais, vraiment votre idée est nouvelle ;
Les faits chrétiens se groupent autour d'elle ;
Et, si du titre on est d'abord épris,
Le fond du livre a bien aussi son prix.
J'aime à le dire ; et des images neuves,
Des traits piquants nous en offrent les preuves ;
Il plait surtout par sa moralité.
Mais si j'osais... — parlez en liberté.

— En parcourant les fruits de votre veine,
On cherche en vain, le vers de Lafontaine,
Ce vers heureux, sans fard, sans ornement,
Q'on lit toujours avec ravissement.
— Vous comparez la ronce au lys superbe,
L'aigle au ciron et le cèdre au brin d'herbe.
— Pourquoi choisir un genre si parfait?
— Le prix d'un livre est dans le bien qu'il fait.
— Vous sermonnez dans votre allégorie,
— C'est le parfum des fleurs de ma prairie:
Qu'on le respire, et je serai content.
L'homme divin en faisait tout autant:
Presque toujours sa sublime parole
Se traduisait en simple parabole.
Et que sert-il d'étonner l'univers
Par les beautés de sa prose ou ses vers,
Si de ses feux la foi ne les éclaire?
L'art d'être utile efface l'art de plaire.
— La fable en tout veut la briéveté;
Vous faites brèche à cette qualité,
En étendant parfois votre morale.
— Oui, j'en conviens, ma forme est inégale;
Mais ne nuit pas au fond des vérités:
Un voyageur, tantôt à pas comptés,
Tantôt plus vite, achève enfin sa route.
Que l'eau du ciel tombe à flots, goutte à goutte,
Qu'importe au champ, s'il est fertilisé?
Un écrit pur sera toujours prisé.
— Pourquoi mêler le sacré, le profane?
— Balaam s'est vu reprendre par son âne
Dans le désert qui nourrit les hébreux?
L'eau du rocher et la manne des cieux.
L'Egypte offrit sa dépouille à Moyse:
Et j'apperçois dans la terre promise,
Les vases d'or, ravis à Pharaon,
Entre les mains des enfants d'Aaron.

— J'ai dit — tant mieux ; ma muse vous rend grâce ;
Rimeur, censeur, sans rancune on s'embrasse :
Et, peu jaloux d'un stérile repos,
Mon *Fablier* va, malgré ses défauts,
Quitter enfin le lieu de sa naissance.
Dans nos climats ; c'est ma douce espérance,
L'esprit de foi saura l'accréditer :
De ses leçons, puissions-nous profiter ?
Le temps est court ; la nuit vient, elle tombe ;
Hâtons-nous donc : car, des bords de la tombe,
Qui verra luire un jour consolateur ?
La vertu seule : adieu, mon cher lecteur.

Ceux qui crient encore contre le clergé, par je ne sais quelle habitude voltairienne, méprisable à force d'être lâche, seraient bien étonnés si on leur démontrait tout ce qu'il y a de vertu, d'abnégation sincère, de foi vive et pure dans cette Église de France, battue de tant de calomnies et de tant d'orages. Vertus cachées, il est vrai; le plus souvent bienfaisance, dont le malheureux seul a le secret. Mais pour ceux qui veulent voir, pour ceux qui veulent entendre, la vertu n'a pas de secret. Les belles actions, comme les crimes, ont leur narrateur dans le ciel, leur révélateur subit, inattendu, car le ciel est juste: à celui-ci qui est vertueux, la gloire et l'estime des hommes; à celui-là qui est criminel, l'infâmie. Comment nous savons la touchante histoire que nous allons vous raconter; qui nous l'a dite, qui nous l'a révélée, nous l'ignorons nous-même. Elle s'est passée sous nos yeux, à côté de nous, dans l'église où nous allions prier, au milieu des pauvres d'une paroisse, au cinquième étage. Il faut que tout le monde la sache, cette histoire.

Ecoutez donc; et vous, les vertueux de ce monde, vous nous direz si vous savez une action plus belle, une victoire plus entière de l'homme sur lui-même, un triomphe plus complet du christianisme sur les passions du cœur.

Tout autour d'une vieille église de Paris, église à la vaste nef, au porche gothique, au clocher élancé dans les airs, vivait et vit encore une population de vieillards et de pauvres femmes que le saint monument protége de son ombre : C'est une population à part dans la mendicité parisienne. Ces pauvres ne quittent pas l'église; ils gardent la porte d'entrée, ils s'abritent sous le porche, ils assistent à toutes les cérémonies du culte. Joyeux baptême, solennel mariage, enterrement tendu en noir, grande messe aux grandes fêtes, joie ou douleur, la première chose que vous trouviez à la porte des églises, c'est un pauvre à soulager. Admirable instinct de la religion !

Au milieu des pauvres que réunissait la vieille Église, il y en avait un qui se distinguait des autres par l'austérité de son visage, par la sagesse de son maintien, par son silence continuel, par son isolement, par son obstination à ne communiquer avec personne, à ne répondre à aucune question. Ce vieillard se tenait debout sur la dernière marche du temple ; et là, quelque temps qu'il fît, la tête nue, il implorait du regard, et non de la voix, l'aumône du passant. Ce pauvre n'avait pas de nom parmi tous ces pauvres, nul ne pouvait dire qui il était ni d'où il venait. On n'avait fait sur lui qu'une remarque, mais une remarque décisive, jamais il n'entrait dans l'église : jamais son doigt n'avait touché l'eau bénite, jamais il n'avait assisté à la sainte messe, jamais il ne s'était agenouillé au confessionnal. Seulement, lorsque dans la vieille basilique toutes les têtes se courbaient à la consécration, il se tournait vers l'autel, et paraissait plongé dans une méditation profonde. Une terreur superstitieuse s'était peu à peu répandue autour de cet homme : on avait cru voir sur son front le signe de la réprobation éternelle. On le fuyait comme il fuyait les autres ; on le haïssait ; on le montrait du doigt ; et quand par hasard un des pauvres ses frères avait touché son vêtement en passant, ce mendiant secouait ses guenilles avec dédain et colère, comme s'il eût été souillé par ce contact.

Cependant, à la même église, un prêtre, un homme austère aussi, mais d'une austérité bienveillante, se rendait tous les jours à l'église, et chaque jour il passait par la même porte, devant le même mendiant, qu'il trouvait à la même place, toujours debout, tête nue, sous le soleil où sous la pluie, inflexible vieillard, paraissant plus grand qu'il n'était, à force d'isolement. L'isolement et le sang-froid de ce mendiant avait d'abord attiré l'attention du prêtre; peu à peu cette attention devint de la sympathie. Chaque jour le prêtre s'arrêtait pour lui placer son aumône dans la main; chaque jour aussi le mendiant recevait l'aumône du prêtre, mais toujours dans le même silence, impassible et froid, sans remercier, n'ayant pas l'air de reconnaître son bienfaiteur de tous les jours. Le prêtre, de son côté, obstiné à la bienfaisance, continuait son aumône, insensible à l'ingratitude du mendiant.

Plusieurs mois se passèrent ainsi : le prêtre à faire l'aumône en silence, le mendiant à la recevoir en silence. Ces deux obstinations étaient aux prises, et Dieu sait que la charité du prêtre n'eût pas cédé la première.

Un jour le mendiant abattu par la fièvre, s'en vint à sa place accoutumée; mais cette fois il s'y traîna; cette fois il se coucha sur la pierre, lui qui restait toujours debout : si bien que le prêtre, revenant ce matin-là à son heure accoutumée, fut bien étonné de trouver le mendiant à ses pieds. Le mendiant ne tendit pas la main au prêtre; au contraire, il rompit enfin le silence :

Gardez votre aumône, mon père, je n'ai pas besoin de pain aujourd'hui : c'est une prière qu'il me faut.

Et disant cela, il avait l'air si abattu, si malheureux, que le prêtre en eût pitié plus que jamais. — Les prières ne vous manqueront pas plus que le pain ne vous a manqué, dit-il au mendiant. Entrez donc dans l'église, venez. En même temps il se baissait pour le relever.

Mais cet homme s'attachant à la terre : — non pas, dit-il, non pas à l'église. Il y a trente ans que je n'y suis entré, dans une église ! Si j'y entrais, voyez-vous, Dieu descendrait de l'autel, le temple se briserait, car je suis un monstre, moi ; je suis damné !... il faut cependant que je me confesse à vous, mon père.

A chaque parole de cet homme, la pitié du prêtre allait en augmentant. Il n'insista pas pour le faire entrer dans l'église ; il le releva ; il le conduisit chez lui. Le mendiant marchait à peine ; il n'eut pas la force de se confesser ce jour-là : il donna au prêtre rendez-vous pour le lendemain.

Le lendemain, le prêtre courut chez le mendiant. La nuit avait été mauvaise et lugubre. Le feu de la fièvre brillait encore dans les yeux de cet homme, mais un feu sombre, une clarté moribonde ! cependant il s'était levé ; il s'était habillé de son mieux ; tout était en ordre dans sa petite chambre. Il fit un profond salut, quand le prêtre entra.

— Mon père, dit-il, je vous attendais; j'étais sûr que vous ne me refuseriez pas cette dernière aumône: je suis votre mendiant. Écoutez donc le récit que j'ai à vous faire; c'est encore plus l'histoire de ma vie que ce n'est une confession : je parle à la fois, à l'homme et au prêtre. Je suis bien plus qu'un pécheur, je suis un criminel; et s'il y a une peine assez grande pour mes crimes, il n'y a que celle-ci : les raconter au seul homme qui m'ait regardé d'un regard bienveillant; les raconter à vous, qui êtes venu à moi.

Alors cet homme, sans se mettre à genoux, mais debout toujours, et dans une immobilité frénétique, se mit à raconter une épouvantable vie, toute remplie de vengeances et d'angoisses. Ce qui l'avait perdu, ce malheureux, c'était l'orgueil. Il était né de pauvres gens : et jeune enfant, il avait été élevé avec soin par une famille puissante de la Normandie. Sa jeunesse s'était passée tranquille et heureuse. Il avait été plutôt le favori que le domestique de cette grande maison. Il avait vu naître les enfants de ses maîtres; ils avaient grandi sous ses yeux, ils l'avaient appelé de son nom.— *Baptiste.*— Lui, de son côté, avait toujours été un serviteur zélé, attentif, dévoué; mais encore une fois, l'orgueil le perdit. Cet homme était jeune encore, lorsque les doctrines de l'égalité sociale furent jetées dans la société corrompue. La tête de cet homme ne put supporter ces exagérations terribles. Pourquoi, en effet, n'était-il pas l'égal de son maître? Pourquoi, en effet, était-il, lui, le valet, et non le maître? Pourquoi à l'un le pouvoir, à l'autre l'obéissance? Voilà ce que Baptiste se demandait nuit et jour. Fatales questions! à la fin, les mauvais penchants l'emportèrent. Arrive 93, cette atroce époque qui fit tomber les têtes royales sur l'échafaud. 93 porta le dernier coup à l'âme de Baptiste. Ses sentiments, long-temps comprimés, se firent grand jour: il succomba sous une espèce d'apoplexie morale; il éclata; il devint le mauvais génie de ses bienfaiteurs, et un jour, comme toute cette famille proscrite cherchait à quitter la France, Baptiste à qui elle s'était fiée, le féroce Baptiste la livra, la vendit à l'accusateur public.

Et comme le prêtre se levait, atterré de cette horrible histoire:

Écoutez-moi, disait Baptiste, écoutez-moi, mon père; je ne suis pas au bout.

— Oui, j'ai livré mon bienfaiteur; non seulement je l'ai livré, lui, mais j'ai livré sa femme, j'ai livré sa fille, j'aurais livré son fils au bourreau, si on avait voulu de son fils. Et pourtant cet homme m'avait servi de père: cette femme m'avait soigné de ses mains quand j'avais été malade, cette jeune fille, belle comme un ange, simple et douce, m'avait traité comme un frère:

je les ai tous livrés ! tous livrés ! — Ce n'est rien encore : comme on les oubliait dans la prison ; j'allai frapper à la porte de l'accusateur public ; je réveillai moi-même la colère des juges qui semblait endormie. — Et le jour du jugement, ô ciel ! — mais... vous m'écoutez, mon père.

Le prêtre leva les yeux au ciel ; il adressait à Dieu une prière en secret, il n'eut que la force de dire au mendiant : — poursuivez.

— Eh bien ! le jour du jugement, il était temps encore de me repentir. Les preuves manquaient ; cette famille allait être sauvée, faute d'un papier que j'avais entre les mains. J'hésitai long-temps. Leur vie était à moi ; mon crime pouvait se racheter encore ; je pouvais encore les arracher à la mort ! ô mon Dieu ! ô mon Dieu !

J'apportai moi-même au tribunal révolutionnaire cette lettre fatale : père, mère, enfant, — condamnés à mort !

Ici le prêtre fit un signe d'effroi.

— Écoutez donc, mon père, c'est bien plus horrible encore, bien plus horrible ! écoutez, écoutez : car aussi bien je ne suis plus soutenu que par la fièvre ; et si la fièvre m'abandonne, adieu mon supplice. Je veux tout vous raconter, tout ce qui pèse là sur mon cœur. Écoutez donc.

Ils étaient condamnés à mort. Le jour de l'exécution, je les vis monter dans la charrette, le père vêtu de noir, la mère vêtue de noir, la jeune fille en robe blanche, — trois martyrs! Le père et la mère regardaient leur enfant; et ce qui les torturaient, eux, ce n'était pas leur mort, c'était la mort de cet ange. Oh! que de morts ce jour-là! Les tombereaux étaient jonchés! les chevaux avaient peine à conduire tant de cadavres..... Jeunesse, beauté, vertu, noblesse entassées là, là devant moi, et marchant à la mort! le temps était froid et pluvieux; le ciel était noir. Le cortége marchait lentement. Dans le trajet, plusieurs obstacles retardèrent encore ce convoi funèbre, et puis on était si las de sang, et puis le fer de la guillotine était si émoussé! les charrettes n'arrivèrent sur la place de la Révolution qu'après quelques heures. La nuit tombait déjà et la pluie tombait aussi. Le bourreau avait beau se hâter, il faut encore bien du temps pour lier sur la planche rouge d'innocentes victimes, pour relever le couteau, pour que le couteau retombe, et quand tout est fait, pour délier ce corps sans tête. Il faut du temps pour tout cela. Puis chaque victime avant de mourir, faisait sa prière; puis on s'embrassait, on se disait adieu, on se montrait le ciel! Donc tout-à-coup la nuit vint noire et profonde: trois victimes! Les bourreaux fatigués, demandaient du répit; déjà on parlait de remettre à demain les trois têtes à couper; déjà la charrette allait ramener dans leur prison, mon maître, sa femme et sa fille, mais moi j'étais là, moi seul, moi tout seul, moi dénonciateur d'abord, moi juge ensuite, moi bourreau! oui bourreau! j'intimidai le bourreau! je lui fis honte! je lui offris mon aide qu'il accepta. Lui et moi nous avons fait tomber ces trois têtes! le lendemain, c'était la chûte de Robespierre; — mes trois victimes étaient sauvées le lendemain.

Ici le mendiant se prit horriblement à rire; il s'arrachait les cheveux, il se traînait dans la poudre, le remord le déchirait; le prêtre était épouvanté de tant de crimes! — Cependant la religion lui ordonnait de porter secours à cette âme. L'Évangile lui commandait le pardon, au nom de celui qui a donné son sang pour le pardon des hommes. Car le mendiant allait mourir; à présent qu'il se retrouvait face à face de son crime, il ne trouvait de refuge que dans le tombeau. Tout-à-coup et avant que le prêtre lui imposât les mains, le mendiant se relève. — Que tout mon supplice s'accomplisse! dit-il, que je les voie encore une fois! que je les revoie!

Contre le mur, trois portraits couverts d'un crêpe étaient cloués. Le mendiant se précipite, il arrache les crêpes funèbres.

Le prêtre regarde... horreur! il reconnait son père, sa mère, sa jeune sœur. — Mon père! s'écria-t-il, mon père! ma mère! ma sœur! Et le voilà qui pleure, ce prêtre, le voilà qui sanglotte, le voilà qui redevient un homme. Que de douleurs réveillées à la fois! Cependant le mendiant se traînait à ses pieds. — Grâce, disait-il, grâce! absolution! je me meurs! je me meurs!

Horrible chose! il était prêtre, mais aussi il était homme. A ses pieds le meurtrier de sa famille! devant lui la noble figure de sa mère, la jeune tête de sa sœur... quel combat! à la fin le prêtre l'emporta sur l'homme.

Le mendiant était toujours à ses pieds. Il imposa ses mains sur lui. — Relève-toi, dit-il, le prêtre te donne l'absolution. — Le fils te pardonne.

Un sanglot répondit à cette double absolution; après quoi il se fit un grand silence... le mendiant était mort!

TABLE.

* Les trois morceaux marqués d'un astérisque sont tirés de l'Écho du Ciel, ouvrage du même auteur.

FIN.

www.ingramcontent.com/pod-product-compliance
Ingram Content Group UK Ltd.
Pitfield, Milton Keynes, MK11 3LW, UK
UKHW020259220726
13923UKWH00002B/967